LES SECRETS

DE

LA ROULETTE

ET DU

TRENTE ET QUARANTE

AVEC

MÉTHODE ET SYSTÈME INFAILLIBLES

SANS CAPITAL PROPREMENT DIT

2.013

Prix : 12 fr. 50

SE TROUVE

A PARIS, CHEZ L'AUTEUR

60, RUE SAINT-DENIS, 60

LES SECRETS

DE

LA ROULETTE

ET DU

TRENTE ET QUARANTE

AVEC

MÉTHODE ET SYSTÈME INFAILLIBLES

SANS CAPITAL PROPREMENT DIT

Prix : 12 fr. 50

SE TROUVE

A PARIS, CHEZ L'AUTEUR

60, RUE SAINT-DENIS, 60

Droits de traduction et de reproduction réservés

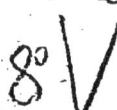

INTRODUCTION

L'étude caractéristique sur les jeux de la Roulette et du Trente et Quarante contenue dans cette plaquette a voulu que nous fréquentions assidûment les maisons de jeu, afin d'en connaître tous les secrets et toutes les subtilités ; nous l'avons fait plutôt en observateur qu'en joueur ; ce qui veut dire que nous n'avons, personnellement, contre ces établissements aucun sujet d'acrimonie ; nous en parlerons donc en toute sincérité, sans parti pris, sans passion, d'après ce que nous avons vu et entendu.

Nous n'espérons pas, par les quelques pages de cette brochure, combattre la passion du jeu ou détourner de la fréquentation des établissements attractifs de Monaco et de Belgique les personnes que le vent pousse de leur côté. Laissant à l'avenir cette tâche de haute moralité, nous nous contentons du modeste rôle d'avertisseur ; nous adressant à ceux qu'attirent ces lieux pleins de séductions et de dangers, nous voulons les prévenir des écueils qu'on y rencontre, et en même temps leur indiquer les moyens de les éviter.

Ayant découvert le principe qui fait la fortune des maisons de jeu, et conséquemment la ruine des joueurs, nous voulons vulgariser cette découverte, et par là même mettre les joueurs en état de lutter victorieusement avec leur redoutable adversaire.

Nous indiquerons aussi quelques systèmes capables de donner, à ceux qui les mettront en pratique, le résultat qu'ils désirent obtenir.

M. ROGIER.

LES SECRETS

DE LA ROULETTE

ET DU

TRENTE ET QUARANTE

LES MAISONS DE JEU

La société cosmopolite qui fréquente les maisons de jeu de Monaco ou de Belgique ne saurait se méprendre sur leur véritable caractère; mais ce qu'elle ignore certainement, ce sont les procédés intimes qu'elles mettent en pratique pour procurer à la Banque du jeu une abondante moisson.

Afin de combattre l'erreur qui s'est perpétuée jusqu'ici dans le monde des joueurs, erreur qui consiste à attribuer au hasard les résultats qu'on obtient soit à la Roulette, soit au Trente et Quarante, nous allons faire l'exposé de ces procédés en le faisant précéder d'un rapide coup d'œil sur le côté suggestif de ces tripots de grande envergure.

Ces établissements exercent certainement une grande influence sur ceux qui en approchent; les distractions qu'on y entretient, l'aspect somptueux des salons de jeux, l'animation qui se fait autour des tables de jeu et enfin le tintement continuel de l'or caressant agréablement l'oreille, sont autant de séductions qui éblouissent les visiteurs et les poussent vers le gouffre où se sont déjà englouties tant de fortunes.

Disons aussi que certains habitués de ces endroits semblent avoir pour mission d'en faire l'éloge; ils en vantent la bonne organisation et la tenue irréprochable; à les entendre, aucune fraude, aucune irrégularité ne sont possibles dans l'exercice des jeux, étant donnée la stricte loyauté qui y préside; ils jurent qu'à la Roulette comme au Trente et Quarante, le hasard seul décide du sort des joueurs. Il est vrai qu'à côté de ces optimistes, sans doute intéressés, on rencontre des pessimistes qui parlent de tours de passe-passe au Trente et Quarante, et de trucs placés sous la Roulette, afin d'en permettre la direction au mieux des intérêts de la Banque.

Les dithyrambes des uns ne peuvent que contribuer au rabattage de la gent pigeonnière et aussi raffermir la foi de certains joueurs par trop éprouvés et peut-être disposés à douter de la sincérité des fluctuations du jeu. Quant aux racontars des autres, dont la valeur est quelque peu contestable, ils ne sont pas de nature à détourner de la voie aussi attrayante que périlleuse ceux qui s'y sont engagés.

L'attraction vers les lieux où on joue est si grande que, malgré la fâcheuse impression que doivent produire certains faits-divers de journaux relatant les drames qui ont leur source dans les maisons de jeu, c'est toujours avec le même entrain qu'on se dirige vers elles; on y entre plein d'espérances et d'illusions, armé d'un système ou d'une combinaison que l'on juge infaillible, ou bien comptant sur le hasard ou sur une chance qui ne s'est jamais démentie : on a essayé son système ou sa combinaison chez soi, dans son salon, avec sa propre roulette, on a toujours obtenu des résultats absolument merveilleux; on suppute d'avance, avec satisfaction, le profit qu'on peut en tirer. C'est dans ces dispositions d'esprit qu'on ne craint pas d'engager la lutte avec la Banque; mais, hélas! devant la vraie Roulette, devant les vrais croupiers et devant les vrais *râteaux*, les systèmes et les combinaisons s'évanouissent rapidement, les espérances disparaissent, les illusions s'envolent et la bourse se vide comme par enchantement, au grand désappointement de ceux qui avaient rêvé la fortune.

Voilà l'histoire de la généralité des joueurs, quoi qu'en disent certaines légendes de fortunes faites au jeu.

Les déceptions auxquelles sont assujettis les joueurs, tant à la Roulette qu'au Trente et Quarante, ne les dispensent pas des désagréments variés et des surprises manquant absolument de charme que leur réserve le milieu interlope dans lequel ils doivent se mouvoir. Il est de notoriété que dans les maisons de jeu dont nous parlons, les voleurs, les voleuses, les souteneurs et les gourgandines tiennent pour ainsi dire le haut du pavé, et qu'on est, par conséquent, obligé d'y subir une promiscuité répugnante.

Dans ces tripots-lupanars, il n'est pas de joueur, les ayant un tant soit peu fréquentés, qui n'ait été racolé effrontément et volé cyniquement, soit par des hommes, soit par des femmes, et lorsque c'est par ces dernières que vous êtes volé, vos réclamations sont toujours vaines, protégées qu'elles sont par le personnel de la Banque.

Il est donc nécessaire que les joueurs ou les visiteurs se tiennent constamment sur leurs gardes afin de parer aux conséquences d'un tel contact; il faut aussi qu'ils se méfient du sentiment de confiance que peut leur inspirer l'aspect luxueux de ces lieux enchantés où tout est disposé pour fasciner ceux qui s'y aventurent.

Il est à remarquer que tous ceux qui cèdent à l'attraction des maisons de jeu supportent avec plus ou moins de philosophie les rigueurs de la Rouge et de la Noire, mais ils ne cherchent jamais à savoir pourquoi les joueurs, en grande partie, pour ne pas dire tous, laissent ordinairement jusqu'à leur dernier louis sur le tapis vert, tandis que la Banque réalise continuellement des bénéfices scandaleux. Là est le mystère qu'il importe d'expliquer.

Aucune illusion n'est possible relativement au mobile qui anime les tenanciers de ces établissements; on ne peut avoir la naïveté de croire qu'en faisant jouer, ces vide-goussets aient l'intention de faire gagner de l'argent à leurs clients ou bien d'en gagner eux-mèmes par le pur effet du hasard.

Ils voudraient certainement accréditer cette croyance, mais en réalité, ces adroits industriels, mettant le hasard à l'arrière-plan, se sont arrangés de façon à faire tourner le jeu exclusivement à leur profit. Si la Banque réalise d'énormes bénéfices, c'est parce qu'on a pris toutes les mesures et toutes les dispositions pour qu'il en soit ainsi; tout est préparé et pour ainsi dire machiné, afin de rançonner la clientèle aussi radicalement que possible. Rien n'a été négligé pour alimenter abondamment la caisse : éducation spéciale des croupiers, multiplicité des combinaisons à la Roulette et au Trente et Quarante, disposition combinée du tableau en vue d'embarrasser le joueur et lui créer des difficultés, installation de la Roulette, et enfin différents trucs mis en pratique selon les circonstances; il faut ajouter à cet arsenal d'armes offensives, un personnel spécial masculin et féminin ayant pour mission de surveiller les joueurs et leurs jeux, et de les signaler s'ils semblent inquiétants pour la caisse; en un mot, tout a été mis en œuvre pour mettre les joueurs en minorité absolue devant la Banque.

LA ROULETTE

Notre objectif étant de mettre en lumière les moyens par lesquels, dans les maisons de jeu de Monaco ou de Belgique, on fait passer dans la caisse de la Banque le contenu de la bourse des clients, nous allons démontrer, avec preuves à l'appui, que l'adresse des croupiers est le *grand moyen*, qu'il est véritablement l'écueil contre lequel viennent échouer toutes combinaisons et tous systèmes, et, par conséquent, toutes espérances de gain du côté des joueurs; nous expliquerons d'abord comment, à la Roulette, le croupier acquiert la subtilité de main qui joue un si grand rôle dans la fortune de la Banque et dans la destinée des joueurs.

A Monte-Carlo, le postulant croupier doit faire deux années d'apprentissage, pendant lesquelles il doit s'exercer à toutes les fonctions de l'emploi et faire en sorte d'acquérir une sûreté de main qui lui permette d'amener, à la Roulette, le numéro qui lui sera désigné d'avance. Les deux ans d'apprentissage écoulés, l'élève croupier subit un examen qui consiste à le mettre à l'épreuve sur toutes les fonctions de la Roulette et principalement sur son adresse à amener le numéro qui lui est demandé. Si l'examen est satisfaisant, le sujet entre aussitôt en fonctions; dans le cas contraire, il doit continuer son apprentissage jusqu'à ce qu'il soit apte à exercer. Les apprentis croupiers reçoivent une indemnité de 150 francs par mois; lorsqu'ils sont en fonctions, leurs appointements sont de 200 à 400 francs, c'est-à-dire en rapport avec leur adresse.

Les croupiers-tireurs que nous avons vus à l'œuvre nous ont, dans maintes circonstances, montré leur savoir-faire; les quelques exemples que nous allons en donner diront combien est précieuse pour la Banque la coopération de ces adroits auxiliaires, et combien est juste notre appréciation à leur égard.

A Monte-Carlo — à tout seigneur tout honneur — me trouvant près d'une table de Roulette, j'observai le chef de partie dont l'attitude avait le don de m'intriguer ; c'était un vrai Parisien, très remuant, très loquace ; je l'avais surpris plusieurs fois donnant à la dérobée, soit du geste, soit de la voix, des ordres au tireur pour la marche de la Roulette. Tout à coup la chute de plusieurs pièces de cinq francs sur le parquet détourna l'attention des joueurs, notre chef de partie en profita pour donner au tireur, par un mouvement de lèvres que j'avais parfaitement saisi, l'ordre d'amener le zéro ; j'en fis part à un ami qui était près de moi et l'invitai à ponter sur le susdit, il me traita de visionnaire et me fit cette remarque, qui pouvait être juste, que le zéro venant de sortir, la prononciation de zéro que j'avais surprise au mouvement des lèvres du chef de partie avait pour objet de rappeler le fait au tireur. Pendant ce colloque la bille faisait sa révolution dans le cylindre, et le tireur lança le sacramentel : *rien ne va plus !* auquel succéda quelques instants après le non moins sacramentel : *zéro !* Et d'un.

Toujours à Monte-Carlo. Un ami et moi allions quitter les salons, lorsque notre attention fut attirée par l'arrivée de deux visiteurs dont l'allure empressée et l'air décidé nous donnèrent à penser qu'ils allaient probablement se livrer à une partie intéressante. Voulant, mon ami et moi, satisfaire notre curiosité, nous nous arrêtâmes et nous vîmes ces messieurs prendre place à une table de Roulette, et placer devant eux trois piles de cinquante louis chacune, après quoi ils pontèrent un louis sur 26, un louis sur 0 et un louis sur 32 ; ils répétèrent cette opération cinquante fois, c'est-à-dire jusqu'à épuisement complet de leurs trois piles, sans qu'un des trois numéros pontés fût amené. Nos joueurs se levèrent de table, l'air peu satisfait de l'expérience à laquelle ils venaient de se livrer, car il est probable que, subissant l'erreur commune, ils s'étaient fait ce raisonnement : Puisqu'on prétend que le zéro est le numéro de la Banque, il doit être le plus visé ; par conséquent, en prenant avec lui les deux voisins 26 et 32, nous ne pouvons manquer de gagner. L'adresse du croupier leur a donné tort. Après cette petite scène qui, pour nous, ne manquait pas d'intérêt comme étude, nous partîmes, mon ami et moi, faisant les réflexions que nous suggéraient ce cas de naïveté et aussi la canaillerie du tireur, lequel, aussitôt que les joueurs eurent épuisé leur capital et se furent levés de la table du jeu, fit sortir dare-dare le zéro. A notre avis, il aurait pu se dispenser de cette prouesse, au moins pour cacher son jeu dans l'intérêt *moral* de la Banque.

Ces partisans du zéro me remettent en mémoire la fin tragique d'une Américaine, Miss A., qui vint à Nice en 1893, grande, pleine de santé, ravissante de fraîcheur et de jeunesse ; ses vingt-quatre ans étaient agrémentés de 250 000 dollars, soit 1 250 000 francs, c'est-à-dire une grosse fortune avec laquelle elle aurait pu vivre agréablement et luxueusement ; mais elle était joueuse. Comme les joueurs dont nous venons de conter l'aventure, elle avait aussi un numéro favori avec lequel elle gagna au début. Lors de sa première visite à Monte-Carlo, elle gagna 100 000 francs en pontant sur le 24. Ce joli résultat en un jour ne pouvait que l'engager à continuer dans la même voie. Les jours se succédèrent et aussi les visites à Monte-Carlo, mais la chance du premier jour ne se renouvela pas ; la guigne s'était mise dans le jeu de la belle Américaine, elle perdit constamment, de sorte qu'en peu de temps sa fortune de 1 250 000 francs s'engouffra complètement dans la caisse de la Banque. N'ayant plus en perspective que la misère, miss A. se tua avec le revolver qu'elle portait continuellement sur elle.

Le journal parisien qui enregistrait ce suicide disait, sous forme d'oraison funèbre, que Miss A. était une jeune et belle personne et que sa fin tragique avait vivement impressionné la colonie niçoise, mais sans aucune réflexion sur la cause de sa mort.

Quant à nous qui connaissions le dessous des choses, tout en nous associant à l'émotion causée par cet événement, nous ne pouvions que constater que miss A. était morte d'illusion, faute d'expérience, et parce qu'elle ne connaissait pas suffisamment les lieux où elle avait opéré. Miss A., avons-nous dit, lors de sa première visite, à Monte-Carlo, avait gagné 100 000 francs en jouant sur le 24. Étant donnée l'adresse du tireur, dont l'exemple précédent est une image, il n'est pas possible qu'on puisse, sans la volonté du croupier, gagner 100 000 francs en pontant sur un seul numéro. On en arrive donc à ces hypothèses : ou bien miss A. avait été favorisée par le croupier-tireur, lequel flairait, dans cette jolie cliente à la bourse bien garnie, une affaire de cœur, et, peut-être, en même temps d'intérêt, ou bien la Banque, connaissant, par ses éclaireurs, la situation de miss A., l'avait tout simplement amorcée. Pauvre miss A., elle avait dû attribuer son seul jour de bonheur au jeu, au hasard ou à la chance ; aveuglée par la réussite d'un jour, elle n'avait pu voir les avances d'un croupier galant et adroit, ou, dans l'autre hypothèse, le piège que lui avait tendu la Banque. Quoi qu'il en soit, elle a payé cher son manque de clairvoyance et son inexpérience, ainsi que l'ont fait beaucoup d'autres, du reste.

Après cette digression, que les joueurs ne manqueront pas de méditer, nous terminerons cette suite de preuves de l'adresse des croupiers par le récit d'un tour d'adresse véritablement surprenant dont j'ai été témoin à Monte-Carlo. Il s'agit d'un jeune croupier qui, en plaisantant avec un copain, pendant une absence du chef de partie, a amené dans l'ordre les huit premiers numéros de la Roulette : 1, 2, 3, 4, 5, 6, 7, 8. Sans l'arrivée du chef de partie, qui n'aurait sans doute pas trouvé la plaisanterie de son goût, il est probable que notre héros ne se serait pas arrêté en si beau chemin.

On pourrait encore citer nombre d'exemples de l'adresse que peuvent acquérir les croupiers par suite d'un long excercice et d'une aptitude spéciale, sans rien ajouter à l'opinion qui ne peut manquer d'être faite à cet égard; car si on réfléchit à la subtilité, au tour de main, de même qu'à la précision qu'acquièrent certains ouvriers dans une manœuvre souvent répétée, on comprendra parfaitement qu'un croupier qui a d'abord fait deux années d'apprentissage pour s'exercer à la manœuvre d'un instrument, et qui tous les jours répète cette manœuvre, doit forcément arriver à une dextérité et à une sûreté de main pour ainsi dire mathématiques, et que, pour ce praticien adroit et intelligent, amener à la Roulette le numéro voulu est une opération toute simple et toute naturelle.

Bien des petites dames ont été, à ma connaissance, à même d'en juger et, si cela était possible, elles pourraient en témoigner. A telle enseigne, que j'ai vu à Spa une charmante blonde s'approcher d'un croupier et lui demander, d'une façon très aimable, où elle devait ponter; sur le conseil qui lui fut donné et qu'elle suivit, de miser sur le numéro 12 et autour de 12, cette jolie personne put réaliser en très peu de temps (moins d'une heure), une certaine quantité de louis, que j'estimai à plusieurs milliers de francs. Bien des fois j'ai vu le fait se renouveler à Monte-Carlo, à la grande satisfaction des bénéficiaires.

Après l'adresse des croupiers, qu'on peut considérer comme étant la principale source alimentant la caisse de la Banque, vient ensuite la multiplicité des combinaisons de la Roulette.

Cette multiplicité est certainement tout au profit de la Banque, mais il faut bien remarquer qu'elle n'a rien d'illégal ni d'irrégulier, qu'elle n'est nullement dissimulée. Les disparitions symétriques du *tableau* sont aussi tout à l'avantage de la Banque, mais ne constituent nullement une fraude ; le joueur peut lui-même en tirer parti, s'il sait la manière de s'en servir ; mais ayant prévu le cas, la Banque a eu bien soin de disposer le tableau de façon à rendre le mariage des combinaisons difficile. De là, la nécessité d'une indication particulière. Quant à l'installation de la Roulette, nous devons constater que son équilibre parfait et sa précision irréprochable d'installation, bien que devant être profitable à la Banque, par rapport à l'adresse des croupiers, ne peut donner prise à aucune critique ; le joueur doit seulement en tirer cette conséquence et surtout ne pas la perdre de vue, que par sa justesse et sa précision cet instrument répondra toujours à l'impulsion d'une main habile et supérieurement exercée.

SYSTÈMES ET COMBINAISONS

Puisqu'il est bien évident que l'infériorité du joueur devant la Banque est faite : 1° de l'adresse des croupiers, 2° de la multiplicité des combinaisons, 3° de la disposition des combinaisons sur le tableau, et que même l'installation de la Roulette est à l'avantage de la Banque, il s'agit d'indiquer les moyens par lesquels on pourra balancer la puissance de la Banque et même lui faire échec par ses propres armes.

Les croupiers pouvant donner à la Roulette telle ou telle impulsion et amener à peu près la combinaison ou le numéro que commande l'intérêt de la Banque, le joueur qui veut gagner doit par conséquent jouer le *jeu de la Banque*, c'est-à-dire le jeu que le croupier doit jouer pour que la Banque gagne ; de sorte que si le tableau est plus chargé de 1 à 18 que de 19 à 36, le joueur doit ponter ou miser sur passe ; si les vingt-quatre derniers sont fort pontés, il devra miser sur les douze premiers, de même qu'il misera sur *Noire* si *Rouge* est plus chargée ; en un mot, cette théorie du *jeu de la Banque* consiste à miser toujours sur les combinaisons les moins chargées, et, *règle générale*, *ne miser que lorsque la Roulette est en marche.*

Avec l'adresse des croupiers, la martingale est généralement très dangereuse; elle l'est moins lorsque vous pouvez combattre cette adresse, soit en changeant de combinaison, soit en misant lorsque la Roulette est en marche. Ceci dit, nous allons, en dehors du *jeu de la Banque*, indiquer un système qui peut être mis en pratique par les joueurs que n'effraie pas la martingale :

Ce système consiste à adopter une marche régulière et à ponter d'une certaine façon sur une chance simple de manière à embrasser les deux formes du jeu : la série et l'intermittence; cette marche soutenue joue le rôle d'un filet dans lequel devra s'arrêter, soit la série, soit l'intermittence. Voici comment on procède à ce système : Commençant à Rouge, on mise deux fois, deux fois également à Noire et ainsi de suite en martingalant; on ne va généralement pas plus loin que la 4ᵉ, 5ᵉ ou 6ᵉ mise, on saute à *dix*. On peut varier la manière de miser : on peut le faire par coup de 2, c'est-à-dire deux Rouges, deux Noires, et suivre cette marche, ou par un coup de 1 et un coup de 2, ou encore deux coups de 1 et un coup de 2 à volonté, avec ou sans martingale. J'ai joué cette partie pendant huit jours au Trente et Quarante, j'ai gagné constamment.

En thèse générale, s'il veut gagner, le joueur doit toujours opérer de manière à mettre la Banque en minorité, soit en prévoyant par des données exactes le résultat d'un coup de Roulette, comme dans le *jeu de la Banque*, soit par la répétition d'une mise régulière avec ou sans martingale, soit encore en prenant la plus grande partie de la totalité des numéros du cylindre, par exemple, le *manque* et la *dernière douzaine*, c'est-à-dire trente numéros; par cette combinaison vous miserez deux pièces à la dernière douzaine et trois à manque, de sorte que, ce soit le manque ou la dernière douzaine qui sorte, on gagne toujours une pièce; l'écueil se trouve dans les six numéros 19 à 24. Afin de dérouter le tireur qui certainement visera un des six numéros laissés à la Banque, il faut changer la marche chaque fois, c'est-à-dire prendre tour à tour le *passe* et la première douzaine, et le manque et la dernière douzaine, et ne pas oublier la règle générale : *miser lorsque la Roulette est en marche.* Quant au zéro qui est, dit-on, le numéro de la Banque, il y a là une probabilité qui n'est pas à dédaigner : lorsque le zéro a été délaissé, le joueur avisé fera bien de le ponter, et, en même temps, ses voisins le 32 et le 26 : c'est un coup très recommandable. Il est bien entendu que, pour tenter ce coup, il faut qu'aucun des trois numéros 32, 0 et 26 ne soit couvert avant votre pontage.

Ayant suffisamment exposé le principe par lequel le joueur peut opérer presque avec certitude, tant sur les chances simples que sur les diverses combinaisons du tableau, nous allons parler d'un système qui permettra aux joueurs de *numéros* d'opérer avec chance de réussite.

Le cylindre ou Roulette se composant de 36 numéros plus le *zéro*, la désignation exacte du numéro sortant à chaque coup de Roulette serait assurément un effet de prestidigitation que ne renierait pas Robert-Houdin ou Klevermann, et qui, entre parenthèse, ne manquerait pas d'être très apprécié par les joueurs; mais malheureusement, n'ayant aucune qualité divinatrice, nous avouons être dans l'impossibilité d'accomplir un tel miracle. Pour parer à la difficulté qui consiste à trouver le numéro sortant sur la totalité du cylindre, nous proposons aux joueurs de Roulette de séparer le cylindre en quatre parties au moyen d'une ligne verticale et horizontale formant croix, et de miser une pièce sur les numéros qui sont aux extrémités de cette croix, soit quatre pièces; par ce moyen on cherchera le numéro sortant dans le quart du cercle, soit neuf numéros, au lieu de le chercher dans la totalité du cylindre. On peut changer

la croix de place à volonté et suivre toujours la même méthode de misage, il est rare qu'on ne trouve pas le gagnant
dans les cinq ou six premiers coups de Roulette, quelquefois avant.

Il est évident qu'avec ce système on ne gagnera pas à
tous les coups, mais en admettant qu'après avoir misé six ou
sept fois, même huit, un des numéros misés sorte, le numéro
donnant trente-cinq fois la mise, il y aurait certainement
avantage à adopter ce système, d'autant plus, qu'ainsi que
tous ceux que nous recommandons, à l'exception de la martingale, il n'exige pas de capital proprement dit.

Bien convaincu que tous les systèmes qui s'appuient sur
le hasard ne méritent pas qu'on s'y arrête, nous nous en
tiendrons à ceux que nous indiquons et qui reposent sur
des données exactes.

Nous ajouterons, pour la gouverne des joueurs, qu'aucun
système ne peut trouver grâce devant l'adresse incontestable du croupier-tireur, si le système lui est connu; et, de
plus, que les employés, chef de partie et croupier, faisant
le service d'une table de Roulette, tout en ayant l'air indif-
férents à ce qui se passe autour d'eux, sont en réalité continuellement en observation du mouvement qui se fait autour de la table de jeu, afin de diriger ou faire diriger la
Roulette dans le sens profitable à la Banque. Cette appréciation est le résultat d'observations soutenues, corroborées
par des faits pris sur le vif, ainsi que nous venons d'en
donner les preuves.

Les explications qui précèdent, bien que fondées sur des
exemples et des considérations irréfutables, puisque nous
les avons vues, de nos yeux vues, ne changeront probablement pas l'opinion des joueurs incrédules, endurcis, qui
mettent le résultat du jeu sur le compte du hasard. Il faut
renoncer aussi à combattre les dispositions d'esprit qui se

manifestent journellement aux tables de jeux; on y verra toujours des superstitieux se livrant à un pointage continuel, de la couleur ou du numéro sorti, espérant le retour d'une série ou d'un numéro qui persiste à leur fausser compagnie, mais toujours pénétrés de cette idée fixe, que série, couleur ou numéro doivent sortir à tour de rôle, en un mot que la marche du jeu est fatale.

Nous ne saurions trop répéter à ces joueurs que leur pointage et leurs calculs sont enfantins par rapport aux dispositions prises par la Banque, qu'ils doivent se pénétrer de cette vérité, que nous ne saurions trop répéter : la Roulette, maniée par une main habile et exercée, répondra toujours à l'impulsion que lui donnera cette main; qu'ils abandonnent donc leurs illusions pour ne tenir compte que de l'adresse des croupiers.

On ne manquera pas de nous faire remarquer que malgré l'adresse incontestable des croupiers, il est des joueurs qui gagnent presque continuellement. Tout en étant juste, cette remarque n'infirme nullement ce que nous avons dit relativement à l'adresse des auxiliaires de la Banque. En voici la raison : le croupier-tireur ne peut viser à la fois tous les joueurs, il doit s'attacher de préférence aux forts ponteurs ou bien aux systémiers, qui peuvent porter ombrage à la Banque, de sorte que les petits joueurs, auxquels on ne fait pas attention, en profitent pour faire leurs modestes affaires; viennent ensuite les protégés et quelquefois les compères, si rares qu'ils soient, qu'il faut mettre aussi au nombre de ceux qui gagnent continuellement et, par conséquent, donnent raison à la remarque que nous faisons. Ceux qui suivront notre méthode augmenteront certainement le nombre des joueurs gagnant toujours.

Une autre observation, ayant quelque apparence de fondement, peut être faite encore par ceux qui sont susceptibles de résister à la dernière évidence. Si, comme vous le déclarez, diront-ils, les croupiers possèdent une adresse qui

leur permet de conduire la Roulette à leur gré, et conséquemment d'amener le numéro qu'ils désirent, comment se
fait-il qu'ils n'en profitent pas pour faire eux-mêmes une
fortune qu'ils pourraient réaliser en peu de temps? La
réponse à cette observation est celle-ci :

Le croupier-tireur ne pourrait user de son adresse en sa
faveur qu'avec le concours d'un compère ou associé d'une
discrétion et d'une sécurité absolues, ce qui est déjà assez
difficile à trouver ; mais, d'un autre côté, il y a un obstacle
énorme, c'est la surveillance continuelle des chefs de partie,
des inspecteurs et des nombreux éclaireurs de la maison;
cette surveillance multiple, on le comprend, rend une entre-
prise frauduleuse de la part du croupier si ce n'est impossible, au moins très difficile ; il faut ajouter à ces difficultés
la crainte, en cas de non réussite, de perdre un emploi qui
permet à son titulaire de vivre régulièrement; il y a aussi la
crainte de la prison, car la Banque est sans pitié dans ce
cas, qui, du reste, s'est présenté plusieurs fois : un grand
voleur ne peut supporter qu'un petit le vole à son tour;
ainsi le veut la loi du plus fort.

On voit par ce qui précède que l'hypothèse d'un com-
pérage par un croupier en exercice n'est pas admissible, il
reste celle du croupier ayant quitté la maison et venant y
exercer son adresse; de ce côté, la chose est encore moins
possible, attendu que l'entrée de ces établissements est
absolument interdite aux croupiers qui les ont quittés. De
sorte qu'on peut dire avec certitude que l'adresse des croupiers ne peut pas être, pour eux-mêmes, un élément de
fortune, que l'observation qu'on peut faire à cet égard est
sans portée et que l'établissement de jeu est à peu près sûr
d'être seul à bénéficier de l'adresse de ses croupiers.

LE TRENTE ET QUARANTE

Le Trente et Quarante différant de la Roulette sous plusieurs rapports, il est nécessaire de l'examiner et de le traiter particulièrement.

Dans ce jeu, les combinaisons sont bien moins nombreuses qu'à la Roulette; sauf la couleur, elles n'ont aucune ressemblance entre elles; de plus, le pontage ou misage s'opère avant le taillage.

Dans ce jeu, le résultat ne peut reposer sur un tour de main ni même sur le hasard proprement dit, attendu que le jeu est fait d'avance dans l'ensemble des cartes qui forment la Taille, et que le croupier-tailleur doit se borner à le faire-sortir tel qu'il y est contenu; qu'on ne peut le modifier qu'en usant de fraude, ce qui est toujours dans les choses possibles. On peut donc admettre que, sauf irrégularité, à ce jeu, la chance des joueurs est à peu près égale à celle de la Banque. C'est pourquoi le nombre des tables de jeu de Trente et Quarante est toujours très restreint contrairement à la Roulette.

Comme tactique, le joueur au Trente et Quarante peut adopter le système du *jeu de la Banque*, c'est-à-dire ponter sur la combinaison la moins chargée du tableau; mais, à notre avis, il aura moins de succès qu'à la Roulette, par la raison qu'à ce jeu le croupier ne peut agir de la même manière; c'est pourquoi nous accordons la préférence à la martingale limitée ou bien à la recherche de la série par coups de 1 et 2 jusqu'à sa rencontre, sans martingale.

Le rôle du tailleur au Trente et Quarante, avons-nous dit, consiste à placer sur le tapis les cartes contenues dans la Taille qui doivent faire le jeu de la Noire et celui de la

Rouge et à compter les points respectifs de ces deux couleurs; c'est sur ce comptage que doit porter l'attention du joueur, car c'est précisément là que la fraude peut se produire. Le tailleur peut très bien augmenter ou diminuer le point d'une couleur en faisant la même opération dans le sens contraire à l'autre couleur, de façon à ne rien changer au chiffre total qui se trouve dans chaque taille et que les joueurs sérieux ne manquent pas de contrôler pour s'assurer de l'exactitude du comptage. On comprendra que ce contrôle n'est nullement gênant pour le croupier-tailleur, puisque, ainsi que nous allons le démontrer, il a un moyen de l'éluder.

Si, par exemple, le croupier-tailleur, dans l'intérêt de la Banque, veut faire perdre la Noire et que cette couleur chiffre 35, le croupier tailleur annoncera 36, soit un point en plus; si la Rouge chiffre 36, il diminuera un point et il annoncera 35. De cette façon, la Noire qui devait gagner perdra, par la transposition d'un point et le chiffre de 2 040, qui est le total des points contenus dans la Taille, se trouvera toujours exact. Si, au moment du comptage, un joueur s'aperçoit de la fraude et la signale, le croupier, qui a la réplique toujours prête, convient que c'est une erreur, et il la répare sur-le-champ; de cette façon la farce est jouée, et les joueurs aussi.

Nous le répétons, dans le comptage est l'écueil du Trente et Quarante; il faut par une attention soutenue rendre la fraude impossible; quant aux subtilités dans la manipulation des cartes, c'est encore par l'attention qu'on pourrait les surprendre si on en faisait usage. En un mot, on ne saurait être trop sur ses gardes dans ces endroits où le râteau est en si grand honneur.

Ce qui vient d'être dit au sujet des jeux de Roulette et du Trente et Quarante doit suffisamment éclairer le lecteur et lui indiquer la façon dont il faut se comporter devant une table de jeu. A la Roulette, la destinée de la Banque et celle des joueurs sont assurément dans la main du croupier tireur; celui-ci étant le salarié et le représentant de la Banque, il est évident qu'il en défendra les intérêts à tout prix. Pour le joueur qui veut défendre sa bourse, la marche à suivre est donc toute tracée : il faut toujours jouer le *jeu de la Banque*, c'est-à-dire le jeu que la Banque doit jouer pour récolter l'argent qui est sur le tapis, les autres systèmes indiqués viennent après.

Au Trente et Quarante le jeu est dans la Taille; les séries et les intermittences y sont renfermées; à moins de fraude, elles se dérouleront sur le tapis avec régularité, ainsi qu'il a déjà été dit. Au Trente et Quarante, on peut jouer le *jeu de la Banque* ou, mieux encore, jouer le système ou marche régulière que peut prendre la série ou l'intermittence, lequel système, comme nous l'indiquons plus haut, consiste à procéder par le coup de 2 et le coup de 1, c'est-à-dire qu'on misera deux fois sur Rouge et une fois sur Noire et sur Rouge en reprenant deux fois sur Noire, et ainsi de suite avec ou sans martingale, jusqu'à la rencontre de la série.

Nous estimons que tous les systèmes reposant sur le hasard, montante d'Alembert ou autres, sont de la pure fantaisie; y en aurait-il de bons, en principe, ils ne pourraient résister à l'adresse du croupier. Ceci dit, et bien compris, nous l'espérons, par les joueurs intelligents, nous allons terminer par quelques conseils.

1° Aller au jeu avec le capital nécessaire pour parer à toute éventualité;

2° Mieux vaut être deux pour jouer : ayant arrêté ensemble la marche à suivre, chacun fait sa partie, on ne subit pas l'influence du jeu et on peut mieux dissimuler la tactique adoptée d'un commun accord; à deux on peut bénéficier de la disposition du tableau, en prenant par exemple l'un la dernière douzaine et l'autre le manque et *vice versa* ;

3° Ne miser à la Roulette que lorsqu'elle est en marche ;

4° Changer souvent la forme de son jeu sans en changer le fond ;

5° Jouer le jeu contraire à celui d'un fort ponteur ;

6° Ne pas jouer longtemps à la même table ;

7° Porter une grande attention au jeu de Trente et Quarante afin d'en surveiller minutieusement le comptage, ainsi que la dextérité de doigts du tailleur ;

8° Faire en sorte de dissimuler, autant que possible, la tactique que l'on met en pratique ; en un mot, agir avec prudence et discernement.

Avec ce bagage de précautions, nous avons la conviction qu'on peut accepter la lutte avec la Banque.

FIN

PARIS.

IMPRIMERIE DE D. DUMOULIN ET Cie

5, rue des Grands-Augustins, 5